황금빛

거북이의 노래

황금빛 거북이의 노래: 금오신화

김시습 지음 | 김을호 엮음
초판 1쇄 발행일 2021년 4월 15일
펴낸이 박봉서 펴낸곳 (주)크레용하우스 출판등록 제5-80호
주소 서울 광진구 천호대로 709-9 전화 (02)3436-1711 팩스 (02)3436-1410
홈페이지 www.crayonhouse.co.kr 이메일 crayon@crayonhouse.co.kr

▪ 라이프앤북은 삶의 지식을 전달하는 (주)크레용하우스의 도서 브랜드입니다.
▪ KC마크는 이 제품이 공통안전기준에 적합하였음을 의미합니다.

ISBN 978-89-5547-740-5 03810

황금빛
거북이의 노래

금오신화

김시습 지음 — 김을호 엮음

라이프앤북

읽기 전에

《금오신화》는 중국 명나라 시대의 괴이소설집인 《전등신화》의 영향을 받았다고 알려진다. 《전등신화》는 각 시대의 괴이한 이야기들을 담고 있으며 남녀 간의 애정사를 다룬 이야기가 많다. 《금오신화》는 그 형식적인 면에서는 영향을 받았을지 모르나 내용 면에서 들여다보면 당시 세태를 기이한 이야기에 빗대 풀어냈다는 점에서 확연한 차이가 난다. 《금오신화》를 정확히 이해하려면 저자와 그 시대적 배경을 알아보는 것이 좋을 것이다.

저자인 김시습은 생후 8개월에 글을 알았고, 3세에는 유모가 맷돌을 돌리는 모습을 보고 글을 지었다는 이야기가 남아 있을 정도의 천재였다.

그는 큰 뜻을 품고 공부하고 있었는데 세조가 왕위를 찬탈했다는 소식을 듣고 세상을 비판하며 공부하고 있던 책을 모두 불살랐다. 그리고 머리를 깎고 방랑길에 접어드는데 그의 나이 스물한 살이었다.

《금오신화》는 그가 경주의 금오산(金鰲山)에 도착해서 지었다. 그는 삶을 다하는 날까지 세조를 왕이라 여기지 않았고, 생애 후반기에는 승려가 돼 조그만 밭을 일구면서 살았다.

차례

만복사 저포기
만복사에서 주사위를 던지다　　　7

이생규장전
담 너머로 규수를 엿보다　　　23

취유부벽정기
부벽정에서 취하다　　　41

남염부주기
남쪽에서 염라대왕을 만나다　　　56

용궁부연록
용궁 잔치를 즐기다　　　70

만복사 저포기
만복사에서 주사위를 던지다

　전라도 남원 어느 마을에 양생(양씨 성을 가진 사람이라는 의미)이라는 사람이 있었다. 양생은 부모를 일찍 여의고 장가도 아직 가지 못해 만복사 동쪽에 있는 구석 방을 하나 얻어 홀로 살고 있었다. 양생의 방 앞에는 배나무 한 그루가 서 있었는데 봄이 되니 배꽃이 하얗게 피어서 온 마당이 마치 은세계인 것처럼 아름다웠다.
　양생은 외롭고 마음이 답답할 때면 은은한 달밤에 배나무 밑을 거닐면서 시 읊기를 좋아했다.

　한 그루 배꽃나무가 외로워서 친구가 된다.

시름도 한도 많은 달밤에
창가에 홀로 누우니
어디서 고운님이 퉁소를 불어 보내나

짝을 잃은 물총새는 외롭게 날아가고
원앙새 한 마리가 맑은 물에 노니는데
누구의 집 여인에게 이 마음을 주고
시름없는 깊은 생각에 바둑이나 둘까나
등불로 점을 치고는 창가에 기대앉네.

양생이 시를 읊고 났는데 허공 어디선가 목소리가 들려왔다.

"당신이 정말 아름다운 짝을 만나고 싶다면 어찌 이루어지지 않는다고 걱정합니까?"

양생은 이 말을 듣고 매우 기뻐했다.

이튿날은 3월 24일로 남원에서는 해마다 이맘때면 만복사에 가서 등불을 켜고 복을 빌었다. 양생은 저녁 예불이 끝나고 사람들이 돌아가기를 기다렸다가 법당

으로 들어갔다.

양생은 소매 속에 저포(나무로 만든 주사위 같은 것으로 윷과 비슷하다. 저포를 던져 그 끗수로 승부를 겨루는 놀이를 한다)를 꺼내면서 소원을 빌었다.

"오늘 제가 부처님을 모시고 저포 놀이를 할까 합니다. 만약 제가 진다면 법연(부처님의 뜻을 기리는 자리)을 마련해 부처님께 보답하겠습니다. 하지만 부처님께서 지신다면 제게 아름다운 짝을 보내 주세요."

양생은 저포를 던졌다.

결과는 양생의 승리였다.

"약속한 대로 인연을 만나게 해주세요. 속이시면 안 됩니다."

양생은 기뻐하며 불상 뒤로 몸을 숨기고 누군가가 오기를 기다렸다. 얼마나 지났을까? 문이 열리는 소리가 들리더니 머리를 두 갈래로 땋아 늘어뜨린 아름다운 여인이 법당 안으로 들어왔다. 나이는 열대여섯쯤 되어 보이고 깨끗한 옷차림을 하고 있었다.

꽃과 같이 어여쁜 여인은 기름병을 가지고 와서 등잔

불을 켜고 향을 꽂은 다음 불상에 세 번 절하고는 이내 엎드려 슬피 울기 시작했다. 그러더니 품속에서 글을 꺼내 불상 앞에 놓았다.

　아무 고을 아무 동네에 사는 소녀 아무개가 부처님께 아룁니다. 왜구가 쳐들어와서 노략질을 하는 바람에 사람들은 도망가고 제 친척과 종들도 피난을 떠났습니다. 하지만 저는 힘도 없고 무서워서 피난을 못 가고 방 안에 틀어박혀 있었습니다. 저희 부모님은 여자의 곧은 절개를 지키는 것이 옳다 하여 더 깊은 시골로 보내 이제 숨어 산 지 삼 년이나 됐습니다. 저는 가을 달밤이나 꽃 피는 봄날을 홀로 외롭게 보내고 뜬구름, 흐르는 물과 더불어 심심하고 지루하게 나날을 보냈습니다. 쓸쓸한 골짜기에 외로이 머물면서 복이 없고 팔자가 사나운 운명을 한탄했고 아름다운 밤을 혼자 지새우며 짝을 잃어 외로운 새의 춤을 슬퍼했습니다. 이렇게 날이 가고 달이 가니 이제 혼백마저 사라지고 길고 긴 여름날과 겨

울밤에는 간담이 찢어지고 창자가 끊어질 듯합니다. 부처님께 비오니 저를 가엾게 여기시어 돌보아 주십시오. 인생은 태어나기 전부터 정해져 있고 업보를 피할 수 없으니, 저의 운명에도 인연이 있을 것입니다. 부디 저에게 함께할 배필을 내려 주세요.

여인은 계속 눈물을 흘렸다.

여인의 아름다운 얼굴을 지켜본 양생은 마음을 억누르지 못하고 불상 뒤에서 나와 여인 앞에 모습을 나타내며 말했다.

"조금 전에 글을 올린 것은 무슨 일 때문이신지요?"

양생은 여인이 부처님께 올린 글을 보고는 기뻐하며 말했다.

"아가씨는 누구신데 이곳에 홀로 왔습니까?"

"저 또한 사람입니다. 당신은 좋은 배필만 얻으면 되실 테니까 이름을 묻거나 당황하지 마십시오."

이때 만복사는 이미 쇄락해 스님들은 절의 구석방에 머물고 있었다. 법당 앞으로는 행랑만이 쭉 이어져 있고 그 끝에 아주 작은 판자방이 있었다.

양생은 여인을 데리고 법당 앞에 있는 행랑채 끝 판자방으로 갔다. 양생이 여인의 손을 잡고 판자방으로 들어가자, 여인도 주저 없이 따라 들어갔다. 둘은 판자방에서 서로 즐거움을 나누었는데 보통 사람과 다르지 않았다.

밤이 깊어 달이 높이 솟았을 때 여인의 시녀가 찾아왔다.

여인은 시녀에게 말했다.

"오늘의 일은 결코 우연이 아니다. 하늘이 도우시고 부처님 덕택에 임을 만나 백년해로를 하게 됐다. 부모님께 여쭤 보지 못하고 혼인하는 것은 비록 예법에 어긋나지만 서로 즐거이 맞이하게 된 것은 특별한 인연일 것이다. 너는 집으로 가서 주안상을 가지고 오너라."

시녀가 여인의 말을 듣고 주안상을 차려 왔고 정원에는 술자리가 베풀어졌다. 그런데 양생이 가만히 주안상의 그릇을 바라보니 아무 무늬도 없이 깨끗했고 술잔에서는 인간 세상의 것이라 할 수 없는 기이한 향이 났다.

양생은 뭔가 이상하다는 생각이 들었지만 이내 별일이 있겠나 싶었다. 여인은 양생에게 술잔을 올리면서 시녀에게 노래를 불러 흥을 돋우라 시켰다.

"이 아이는 옛 노래밖에 모릅니다. 저를 위해 시를 지어 흥을 돋워 주실 수 있나요?"

양생은 매우 기뻐하며 흔쾌히 〈만강홍〉이라는 옛 곡조에 맞춰 노랫말을 지어 시녀에게 부르게 했다.

봄추위 쌀쌀한 바람에
얇은 명주 적삼이 팔랑이고
몇 번이나 애태웠던가
향로에 불이 꺼졌을까
해 저문 산 눈썹같이 가늘고
저녁 구름은 양산처럼 펴졌는데
원앙 비단 이불에 누구와 함께 누울까
금비녀 반만 꽂은 채 통소를 불어 볼까
무정한 세월은 덧없이 흘러만 가네.
봄밤 깊은 걱정은 어디 줄 곳이 없는데

타오르는 등불은 가물거리고
병풍은 나지막하게 둘러쳐져
헛되이 흘리는 눈물은
누구에게서 위로받을까
기쁘다. 오늘 이 밤 봄바람이 소식을 전하네
첩첩이 쌓인 한이 봄눈 녹듯 녹아내리네.
옛 노래 한 가락에 술잔을 기울이니
한 많은 옛 일이 북받쳐 오르네.
외로운 방에서 찌푸리며 잠이 들었지.

노래가 끝나자 여인은 슬퍼하며 말했다.

"당신을 일찍 만나지 못한 것은 한스러우나 이제라도 당신을 만났으니 당신께서 나를 버리지 않으신다면 끝까지 시중을 들겠습니다. 하지만 단 하나, 제 소원을 들어주지 않으신다면 저는 이 세상에서 영원히 사라질 거예요."

"내가 어떻게 그대 말을 따르지 않을 수 있을까요?"

그때 마을에서 닭 울음소리가 들렸다.

"아름다운 인연을 맺었으니 이제 남편을 모시고 집으로 돌아가려고 합니다."

양생이 여인과 손을 잡고 마을을 지나는데 울타리 아래에 있던 개들이 짖어 대기 시작했다. 큰길을 지나갈 때는 사람들이 보였지만 아무도 양생이 여인과 함께 가는 것을 모르는 듯 물었다.

"양 총각, 새벽부터 어디에 가시오?"

양생이 대수롭지 않게 대답했다.

"어젯밤 술에 취해 만복사에서 자다가 이제 친구가 사는 마을을 찾아가는 길입니다."

양생은 여인을 따라 깊은 숲 속으로 들어갔는데 이슬이 흠뻑 내려 갈 길이 아득했다.

"어찌 가는 길이 이렇게 험합니까?"

"혼자 사는 여자의 거처가 원래 이렇지요."

드디어 개령동에 다다르니 쑥밭 가운데 아담한 집 한 채가 있었다. 양생은 여인이 이끄는 대로 따라 들어갔다. 방 안은 이부자리와 휘장이 잘 정돈돼 있었다. 시녀가 차려 준 밥상도 어젯밤 만복사로 차려서 온 것과 같았다. 양생은 그 음식의 품격이 예사롭지 않아 이곳이 인간 세상이 아닐지도 모른다는 생각을 얼핏 했으나, 여인의 정에 끌려 그런 생각을 지우기로 했다.

양생은 그곳에서 기쁨과 즐거움이 가득 찬 사흘을 보냈다.

얼마 뒤에 여인이 양생에게 말했다.

"이곳의 삼 일은 인간 세상의 삼 년에 해당합니다. 이제 그만 돌아갈 때가 됐으니 인간 세계로 돌아가세요."

여인은 이웃 친척들을 초대해 양생을 위해 이별 잔치를 열었다.

양생은 서글프게 말했다.

"어찌 이별이 이다지도 빠릅니까?"

"걱정 마십시오. 다시 만나 평생의 소원을 풀게 될 것입니다. 이런 누추한 곳까지 오시게 된 것은 정해진 인연이 있었기 때문입니다."

양생은 이웃 친척들인 정 씨, 오 씨, 김 씨, 유 씨 등 네 여인과 시를 지어 즐기며 놀았다.

그리고 술이 다 떨어지자 여인은 은그릇 하나를 양생에게 주며 말했다.

"내일은 저희 부모님께서 저를 위해 보련사에 음식을 베풀 것입니다. 당신이 저를 버리지 않으신다면 보련사로 가는 길에서 기다리고 있다가 저와 함께 절로 가서 부모님을 뵙는 게 어떨까요?"

다음 날 양생은 여인이 일러준 대로 은그릇을 들고 보련사로 가는 길가에서 기다리고 있었다.

이때 양반의 행차가 나타났다. 딸의 대상(죽은 지 두 해 만에 지내는 제사)을 치르려고 보련사로 향하는 길이었다.

그 일행 중 한 명이 은그릇을 들고 있는 양생을 발견하고 놀라서 주인에게 말했다.

"아가씨 장례 때 함께 묻었던 은그릇을 어떤 이가 들고 나타났습니다!"

주인은 말에서 내려 양생에게 다가가 은그릇을 어떻게 갖고 있게 됐는지 물었다.

양생은 사실대로 대답했다.

그러자 주인은 한참 동안 멍하니 있다가 입을 열었다.

"내가 딸자식을 왜구의 난리에 떠나보내고 미처 정식으로 장례를 치르지 못해 개령사 곁에 묻어 두었네. 오늘이 대상이라 보련사에서 재를 올려 명복을 빌어 주려고 가는 길이지. 자네는 딸아이가 온다고 했다니 기다렸다가 함께 와주게."

주인은 먼저 보련사로 떠났고 양생은 우두커니 서서 여인을 기다렸다.

약속한 시간이 되자 여인은 시녀를 데리고 나타났다. 양생과 여인은 손을 잡고 기뻐하며 보련사로 향했다.

여인은 절 문에 들어서서 부처님께 절을 하고 하얀 휘장 안으로 들어갔다. 하지만 아무도 여인을 본 사람은 없었다. 양생만이 여인과 함께했다.

"함께 저녁이나 드시지요."

여인이 양생에게 말했다.

양생이 여인이 한 말을 여인의 부모에게 전하자 부모는 밥상을 유심히 살펴보았다. 여인은 보이지 않고 오직 수저가 그릇에 부딪치는 소리만 달그락거릴 뿐이었

다. 여인의 부모는 탄식하며 양생에게 휘장 옆에서 여
인과 함께 자도록 권했다.

한밤중에 양생과 여인이 이야기를 나누는 소리가 들
렸지만 사람들이 몰래 엿들으려 하면 갑자기 말소리가
멈췄다.

여인이 말했다.

"저도 제가 법도를 어겼다는 것을 잘 알고 있습니다.
하지만 사랑하는 마음이 한번 일고 보니 저도 어쩔 수
없었지요. 이제 저는 빨리 저승으로 떠나야 합니다. 지
금 헤어지면 훗날 다시 만날 것을 기약할 수 없습니다.
이별이 다가오니 아득하기만 해서 뭐라 말해야 할지 모
르겠습니다."

보련사 스님과 사람들이 여인의 영혼을 배웅하니 여
인의 얼굴은 이내 보이지 않고 슬픈 노랫소리만 은은히
들려왔다.

저승으로 가는 길 다가와
슬픈 이별을 하네.

하지만 임이여
저를 버리지 마세요.
애닯아라 어머니
슬프구나 아버지
나의 짝을 못 지었으니
아득하기만 한 저승길
마음에 한이 맺히겠네.

노랫소리가 점점 작아지더니 목메어 우는 소리와 분별할 수가 없게 됐다. 여인의 부모는 그제야 그동안 있었던 일을 의심하지 않았다. 양생도 여인이 새삼 귀신인 것을 알고 더욱 슬픔을 느껴 여인의 부모와 함께 머리를 맞대고 울었다.

여인의 부모가 양생에게 말했다.

"은그릇은 자네가 맡아 주게. 내 딸이 가지고 있던 밭과 시녀 몇 사람도 자네에게 주겠네. 자네는 부디 내 딸을 잊지 말아 주게."

이튿날 양생이 고기와 술을 가지고 개령동을 찾아갔

더니 과연 임시로 만든 듯한 무덤 하나가 있었다. 양생은 제물을 차려 놓고 슬피 울면서 그 앞에서 지전(돈 모양으로 오린 종이로 죽은 사람이 저승에서 쓰는 저승 화폐를 상징한다)을 불사르고 정식으로 장례를 치러 준 뒤에 제문을 지어 위로했다.

장례를 치른 후에도 양생은 슬픔을 이기지 못했다.

양생이 밭과 집을 모두 팔고 절로 들어가 사흘 저녁이나 잇따라 재를 올렸더니 하루는 여인이 나타나 공중에서 양생에게 말했다.

"저는 당신의 은혜를 입어 이미 다른 나라에서 남자의 몸으로 태어났습니다. 이승과 저승이 멀리 떨어져 있지만 당신의 은혜에 감사드립니다. 당신도 이제 좋은 업을 닦아 저와 함께 윤회에서 벗어나세요."

양생은 그 후 장가를 들지 않고 지리산에 들어가 약초를 캐면서 살았는데 양생이 어떻게 죽었는지 아무도 아는 사람이 없었다.

이생규장전

담 너머로 규수를 엿보다

송도(개성) 낙타교 옆에 이생이란 사람이 살고 있었다. 나이는 열여덟이었는데 풍채가 말끔하고 재주가 뛰어나 어려서부터 국학에 다녔고 길을 걸으면서도 시를 읽었다.

선죽리에는 양갓집 최씨 규수가 살고 있었는데 나이는 열대여섯인데 아리땁고 자수를 잘 놓으며 시를 잘 짓는다고 소문이 자자했다.

풍류로워라 이 총각
아리따워라 최 처녀

그 재주 그 얼굴을 보니
먹지 않아도 배가 부르네

　이생이 책을 들고 서당에 가려면 항상 최씨네 집 북쪽 담 밖으로 지나야 했다. 그 담을 수양버들 수십 그루가 간들거리며 둘러싸고 있었다. 어느 날 이생은 수양버들 아래서 쉬다가 우연히 그 담 안을 엿보게 됐는데 꽃나무 숲 사이에 작은 누각이 있었고 그 누각에 한 아름다운 규수가 앉아 수를 놓고 있었다. 규수는 바느질을 잠시 멈추고 시를 읊기 시작했다.

나 홀로 방 안에 앉아
수놓고 있으니 싫증만 나는구나.
백 가지 꽃나무 숲 속에
꾀꼬리 소리가 다정도 하네.
내가 이유 없이 원망하네.
동녘바람이 불어오기 때문이라고
말없이 바늘을 멈춰

이내 생각에 잠기네.

저기 가는 총각은
누구 집 고운님일까.
초록빛 긴 소매가
수양버들 가지를 스치네.
이 몸이 변하여
제비가 된다면
드리운 발을 살짝 넘어서
높은 담을 넘으리.

이생은 규수의 시를 듣고는 기쁨을 주체할 수 없었다. 하지만 담은 높고 문은 굳게 잠겨 어찌할 바가 없었다. 이생은 생각 끝에 종이에 시 세 수를 써서 돌멩이에 매서 담 안으로 던졌다.

무산 열두 봉에
첩첩 쌓인 안개 속에

반쯤 보이는 봉우리

붉고도 푸르구나.

그 임의 외로운 꿈을

수고롭게 하지 마오.

구름과 비가 되어

양대에서 만날까나.

(송옥의 『고당부서』에 나오는 이야기. 무산의 선녀가 '아

침에는 구름이 됐다가 저녁에는 비가 돼 양대산 아래에 있

다'고 한다.)

사마상여가 돼 탁문군을 꾀어 내려니

(중국의 문인 사마상여가 거문고를 타서 부잣집 딸인 탁

문군을 꾀어냈다는 이야기가 전해진다.)

마음속에 품었던 생각

이미 다 이루어졌구나.

담장 위 복사꽃과 오얏꽃은

바람에 날려 떨어지니

흩어진 곳 어디일까.

좋은 인연 되려는가
나쁜 인연 되려는가
부질없는 이 내 시름
하루가 일 년 같아라.
스물여덟 글자로(이생이 담 안으로 던진 시의 글자 수)
인연을 맺었으니
어느 날에 남교에서
선녀 같은 임을 만나려나.

규수가 시녀 향아를 시켜 종이를 주워 보니 이생의
시였다. 규수는 시를 두세 번 읽고는 마음속으로 기뻐
했다. 그리고 규수는 그 종이에 몇 자 적어 다시 밖으로
던졌다.

'그대는 나를 의심하지 마세요. 해가 질 무렵에 만나
요.'

이생은 써 있는 대로 어둠이 짙어 오는 저녁 무렵 그
자리로 갔다. 복사꽃 나무 한 가지가 담 위로 뻗어 내려
오더니 하늘하늘한 그림자가 나타났다. 이생이 가서 살

펴보니 그네 줄이 달린 바구니가 담 밖으로 내려와 있었다. 이생은 그 줄을 잡고 담을 넘어 안으로 들어갔다.

곧 규수가 나타났다. 둘은 시를 서로 주고받았다. 규수가 먼저 읊었다.

복사꽃 오얏꽃 가지마다 탐스럽고
원앙새 베개 위엔 달빛도 고와라.

이생이 뒤를 이었다.

어쩌다 다음날 봄소식이 새 나가면
무정한 비바람에 더욱 가련해라.

규수가 얼굴빛이 변하면서 말했다.

"저는 당신과 부부가 돼 영원히 즐거움을 누리려고 했는데 당신은 어찌 이렇게 말씀하시나요? 어쩌다 다음날 규방의 일이 새 나가 부모님의 꾸지람을 듣게 되더라도 제가 책임을 지겠습니다. 향아야, 술과 안주를 가져오너라!"

시녀가 술과 안주를 가지러 가 버리자 사방이 고요하고 인기척조차 느낄 수 없었다. 궁금해진 이생이 물었다.

"이곳은 어디입니까?"

최씨 규수가 답했다.

"부모님이 외동딸인 저를 사랑하시어 시녀와 즐겁게 놀라고 지어주신 누각입니다. 이곳에서는 아무리 웃고 떠들어도 밖으로 쉽게 소리가 나가지 않습니다."

어느새 시녀가 술과 안주를 가져왔고 규수는 술 한 잔을 따라 이생에게 권하며 시를 읊었다.

바람이 향기를 끌어와
옷속에 스며드니
첫봄을 맞은 아씨가
햇살 속에서 춤추네.
비단 적삼 해당화를 스쳤다가
그 안에서 졸고 있던 앵무새만 깨웠네.

이생도 바로 답시를 만들었다.

하찮은 꽃가지에
비바람아 불지 마소.
선녀의 소맷자락이 나부끼니
그림자도 나부끼고
계수나무 그늘 속에서
시름이 따를 테니
함부로 새 노래 지어
앵무새에게 가르치지 마오.

술자리가 끝나자 규수가 이생에게 말했다.

"오늘 우리의 만남은 작은 인연이 아닌 것 같습니다. 당신은 저를 따라와 좀 더 정을 나누는 것이 어떨지요."

이생은 여인을 따라 북쪽 창문을 통해 안으로 들어갔다. 그리고 둘은 누각에 달린 사다리를 타고 올라가 다락 안으로 들어갔다.

다락 안에는 문방구와 책상이 있고 깔끔하고 아름다

웠다. 한쪽 벽에는 안개 낀 강 위로 첩첩산중이 보이는 그림과 그윽한 대나무 밭에 오래된 나무가 서 있는 그림이 걸려 있었는데 그 그림에는 누구의 것인지 모르는 시가 적혀 있었다.

첫째 그림에 쓰인 시는 이랬다.

어떤 이의 붓 끝에 힘이 넘쳐서
깊은 강 첩첩산중을 이렇게 그렸던가?
웅장하구나. 삼만 길의 방호산은
아득한 구름 사이로 반쯤 드러났네.
저 멀리 산세는 몇 백 리까지 뻗어 있고
푸른 소라처럼 쪽진 머리가 가까이 보이네.
끝없이 푸른 물결은 허공에 닿았는데
저녁노을 바라보니 고향이 그리워지네.
이 그림 바라보다 마음이 쓸쓸해져
소상강 비바람에 배 띄운 듯하여라.

둘째 그림에 쓰인 시는 이랬다.

쓸쓸한 대숲에서 가을 소리가 들리는 듯
비스듬히 누운 고목은 옛정을 품은 듯하네.
구부러진 늙은 뿌리에는 이끼가 가득 끼어 있고
굵고 곧은 가지는 바람과 천둥을 이겨 왔네
가슴속에 간직한 조화가 끝이 없으니
미묘한 이 풍경을 누구에게 말할까?
위언과 여가도 이미 귀신이 됐으니
(위언과 여가는 중국의 이름난 화가)
천기를 누설할 사람이 몇이나 되려나.
활짝 갠 창 너머로 말없이 바라보니
삼매경에 든 필법이 못내 사랑스럽네.

　이생이 따로 있는 작은 방으로 가니 좋은 향기가 나고 화려한 비단 이불이 펴져 있었으며 촛불은 방 안을 환하게 밝히고 있었다. 이생은 여기서 규수와 정을 나누며 머물렀다.

　며칠이 지나 이생이 규수에게 말했다.

　"옛 어른 말씀이 '부모님이 계시면 나가서 놀더라도

반드시 집에 와서 자라'고 하셨소. 이곳에 머문 지도 사흘이 되었으니 부모님을 뵈러 가 봐야겠소."

규수는 서운했지만 고개를 끄덕였고, 이생은 담을 넘어 나가 집으로 돌아갔다.

이후로도 이생은 규수를 찾아가지 않는 날이 없었다.

그러던 어느 날, 이생의 아버지가 이생을 불러 크게 꾸짖었다.

"너는 저녁이면 나가서 아침에 돌아오니 아무래도 경박한 자의 행실을 배운 것 같구나. 안되겠다. 너는 서둘러 영남으로 내려가거라. 일꾼을 데리고 가서 농사나 지으면서 돌아올 생각을 하지 마라."

그 이튿날 이생의 아버지는 이생을 울주(울산의 옛 이름)로 내려보냈다. 규수는 매일 저녁 꽃나무 숲에서 이생을 기다렸지만 여러 달이 다 지나도록 이생이 다시 나타나지 않자 향아를 시켜 어떻게 된 일인지 알아보도록 했다.

규수는 이생이 아버지의 명으로 영남으로 갔다는 사실을 알고는 병이 나서 자리에 쓰러져 누워 물 한 모금

입에 대지 않고 말도 하지 않았다.

규수의 부모가 걱정하여 무슨 일인지 물어도 규수는 아무런 대답도 하지 않았다. 하루는 규수의 부모가 우연히 옆에 있는 바구니에서 이생과 딸이 주고받은 시를 찾아 읽어 보고 그제야 딸이 왜 병이 생겼는지 깨닫고는 물었다.

"얘야, 이생이란 사람이 누구냐?"

규수는 겨우 나오는 목소리로 부모님에게 말했다.

"아버님과 어머님이 길러 주신 은혜가 깊으니 어찌 사실을 숨기겠습니까. 저는 절개를 지키지 못하여 옆 사람들에게 비웃음을 받게 됐고, 죄가 이미 가득해 집안에 누를 끼치게 됐습니다. 저도 아름다운 도련님과 정을 통한 뒤로는 원망이 쌓였으나, 그리운 정이 나날이 깊어져 죽을 지경에 이르렀습니다. 이제 저는 이생과 저승에서 다시 만날지언정 맹세코 다른 가문에는 가지 않겠습니다."

모든 이야기를 들은 부모는 규수의 뜻을 알고는 예를 갖춰 이생의 집으로 중매쟁이를 보내 청혼을 했다.

하지만 이생의 부모는 청혼을 거절했다.

"우리 집 아이가 비록 어린 나이에 바람이 났지만 학문에 정통해 훗날 세상에 이름을 떨칠 것이니 빨리 혼처를 정하고 싶지 않소."

그러자 규수의 부모는 이생을 칭찬하며 곧 벼슬을 이룰 것이니 빨리 혼사를 치르는 것이 좋겠다고 중매인을 보내 설득했다.

이러자 이생의 부모는 "문벌 좋고 번성한 집안에서 어찌 가난한 선비를 사위로 삼으려 하느냐"며 다시 거절했다.

규수의 부모는 이렇게 답했다.

"예물을 드리는 모든 절차와 옷가지는 우리 집안에서 준비하겠습니다. 좋은 날을 잡아 화촉의 시기만 정해 주시면 좋겠습니다."

이렇게까지 하자 이생의 부모도 이생을 불러다 생각을 물었다.

그러자 이생은 "깨진 거울이 다시 둥글게 됐다"는 시를 지어 보냈고, 규수도 "아이야, 나를 일으켜다오. 꽃

비녀를 손질하련다"하며 화답했다.

이생과 규수는 길일을 택해 마침내 혼례를 했고 서로를 귀한 손님처럼 대하며 공경하고 사랑했다.

이생은 다음해에 문과에 급제하여 벼슬길에 올랐다.

그러던 신축년(1361년)에 홍건적이 쳐들어와 서울을 점령하고 임금이 피난을 가는 일이 일어났다.

이생은 가족과 함께 산골짜기에 숨어 있었는데 오랑캐 한 놈이 칼을 가지고 쫓아왔다. 이생은 가까스로 도망가 목숨을 건졌지만 규수는 홍건적에게 붙잡히고 말았다. 홍건적이 자신을 겁탈하려 하자 규수는 오히려 크게 꾸짖었다.

"차라리 나를 죽여라. 내가 비록 승냥이의 밥이 될지언정 개돼지의 짝이 될 수는 없다."

홍건적은 크게 화가 나 규수를 무참히 살해했다.

이생은 겨우 목숨을 보전하다가 홍건적이 물러난 다음에야 부모의 옛 집터를 찾고 또 처갓집을 찾아갔다. 하지만 다 불타버리고 남은 것이 없었다. 이생은 슬픔을 이기지 못해 날이 저물 때까지 쓸쓸하게 홀로 앉아 있었다. 지나간 일들을 생각해 보니 한바탕 꿈을 꾼 것 같았다.

밤이 깊어 희미한 달빛이 비추었다. 문득 멀리서 발자국 소리가 들리더니 점점 커지며 가까이 다가왔다. 바로 죽은 규수였다.

이생은 규수가 이미 죽은 것을 알고 있었지만 사랑하는 마음에 아무 의심도 하지 않고 물었다.

"당신은 어디로 피난을 가서 목숨을 보전했소?"

규수는 이생의 손을 잡고 한동안 통곡하더니 이내 말을 시작했다.

"나는 늑대 같은 놈들에게 끝까지 정절을 지켰지만 내 몸은 진흙탕에서 찢겨졌어요. 집도 없어지고 부모님도 없으니 혼백도 갈 곳이 없었지요. 이제야 봄바람이 깊은 골짜기에 불어오기에 저도 이승으로 돌아왔어요. 당신과의 인연을 다시 맺어 우리가 나눈 굳은 맹세를 지키려고 해요. 만일 그 맹세를 잊지 않으셨다면 저와 함께 해로하심이 어떤가요?"

이생이 기뻐하며 대답했다.

"그게 내 소원이라오."

두 사람이 밤을 함께 보내니 그 즐거움이 예전과 조금도 다르지 않았다.

그렇게 세월이 지나 몇 년이 흘렀다. 그동안 이생과 규수는 시를 지어 주고받으며 금실 좋게 지냈다.

어느 날 저녁 규수가 말했다.

"이제 여기서의 인연이 끝나게 됩니다. 너무나 슬프네요."

"그게 무슨 말이오?"

"저승의 일은 거역할 수 없어요. 옥황상제께서 저를 가엾게 여겨 이곳으로 보내 주셔서 애끓는 당신의 마음을 잠시 채워드리려 했는데 이제 인간 세상에 더 이상 머물 수가 없네요."

규수는 눈물을 흘렸다.

이생 역시 슬픔을 참을 수가 없었다.

"차라리 당신과 함께 죽어 저승으로 가겠소. 어찌 혼자 살아남아 구차한 목숨을 보전하겠소?"

"당신의 목숨은 남아 있지만 제 목숨은 이미 끝나 귀

신의 명부에 실려 있답니다. 만일 제가 인간 세상에 미련을 가지면 저에게만 죄가 내려지는 게 아니라 당신에게도 누가 될 수 있어요. 다만 한 가지 부탁이 있어요. 제 유골이 골짜기에 흩어져 있어요. 은혜를 베풀어 제 유골을 거두어 비바람을 맞지 않게 해주세요."

이생과 규수는 서로 부둥켜안고 눈물을 흘렸다. 이윽고 이생이 규수를 바라보니 모습이 점차 사라지고 목소리도 가늘어졌다.

"낭군님, 부디 안녕히 계십시오."

이생은 규수의 부탁대로 골짜기로 가서 흩어진 유골을 모아 규수의 부모가 묻힌 곳 곁에 묻어 주었다. 장례를 치르고 이생은 매일매일 규수를 생각하다가 병을 얻어 몇 달 만에 세상을 떠났다.

이 이야기를 들은 사람들마다 가슴 아파하며 그들이 끝까지 지킨 사랑을 칭송했다.

취유부벽정기

부벽정에서 취하다

개성에 홍생이란 부자가 있었다. 그는 젊은 데다 얼굴이 잘생기고 글을 잘 썼다. 팔월 한가위를 맞아 홍생은 친구들과 함께 배에 베를 싣고 평양성에 도착했다. 그리고 베를 팔아 그 돈으로 명주실을 샀다.

강가에 배를 대자, 성안에 있는 이름난 기생들이 홍생을 보고 아양을 떨었다. 성안에는 이생이라는 홍생의 친구가 살았는데 그가 잔치를 벌여 홍생을 환영해주었다. 홍생은 술에 취하자 배로 돌아갔는데 잠이 오지 않아 조그마한 배를 타고 달빛을 가득 실어 노를 저었다. 홍생은 흥취가 다하면 돌아가리라 생각하다 어느새 부벽정에 도착했다.

평양은 고구려의 옛 수도였다. 그중 영명사 자리는 동명왕의 옛 궁터인데, 그곳에 부벽정이 있었다. 이곳에서 긴 강과 평원을 내려다보면 아득하기 그지없는 좋은 경치였다.

사람들은 강물을 따라 올라와서는 이곳에서 경치를 즐기다가 돌아가곤 했다. 부벽정 남쪽에는 돌을 다듬어 만든 계단이 있는데 왼쪽에는 청운제, 오른쪽에는 백운제라고 새겨 놓은 돌기둥이 있어 보기에 좋았다.

홍생은 뱃줄을 갈대밭에 매 두고 계단을 밟고 올라갔다. 난간에 기대 옛 도읍지를 돌아보니 안개가 끼어 있고 성 밑에는 물결만 찰싹거렸다. 홍생은 옛 도읍을 보고 서글퍼져서는 탄식하며 시를 여러 수 잇달아 읊었다.

부벽정에 올라 시흥을 못 견디고 읊는구나.
흐느끼는 강물 소리가 애끓는 듯하여라.
용 같고 호랑이 같던 옛 나라의 기상은 이미 사라졌

건만
황폐한 성은 여전히 봉황의 모습이구나.
모래밭에 달빛이 비추니 기러기는 갈 길을 잃고
풀밭은 안개가 걷히어 반딧불만 날고 있네.
인간 세상 바뀌고 보니 풍경마저 쓸쓸하네.
한산사 깊은 곳에 종소리만 들려오네.

임금 계시던 궁궐에는 가을 풀만 쓸쓸하고
구름 낀 돌층계는 길마저 아득하네.
기생들 놀던 터에는 냉이만 우거지고
담 너머 희미한 달을 보며 까마귀만 우네.
멋스럽던 옛일은 티끌이 됐고
적막한 빈 성에 찔레만 덮였네.
오직 강물만이 옛날 그대로 흐느끼며
도도히 흘러서 바다로 가는구나.

대동강 물결은 쪽빛보다 더 푸르네.
천고의 흥망을 한탄한들 어이하리.

우물은 메말라 담쟁이만 드리우고
돌 제단엔 이끼 끼고 능수버들 덮여 있네.
타향의 풍월을 천 수 읊고 보니
고국이 그리워 술이 더욱 취하네.
난간에 밝은 달빛에 비쳐 잠조차 오지 않고
밤이 깊어 계화 향기 살며시 떨어지네.

오늘이 한가위라 달빛은 곱기만 한데
외로운 옛 성은 볼수록 서글프네.
기자묘 뜨락에는 교목이 늙어 있고
단군 사당 벽에는 담쟁이가 얽혔네.
영웅은 고요하니 지금 어디 있을까?
풀과 나무만 우거진 지 몇 해인가?
그 옛날의 둥근 달만이 남아서
맑은 빛이 흘러나와 옷깃을 비추네.

동산에 달이 뜨자 까마귀 까치 흩어지고
밤이 깊어 찬 이슬이 옷자락을 적시네.

문물은 천 년이 지나 옛 모습 간 데 없고
만고의 강산에도 성곽은 무너졌네.
하늘에 오른 어진 임금은 돌아오지 않으시니
세상에 남긴 이야기를 무엇으로 믿어 줄까
황금 수레 끄는 기린은 이제 자취도 없고
임금 다니던 길은 수풀 우거지고 스님만 홀로 걷네.

찬 이슬 내리고 뜰의 풀잎 시드는데
청운교와 백운교는 마주보고 서 있네.
수나라 대군의 넋이 여울 되어 울어 대니
임금의 정령이 가을 매미 됐던가.
한길에는 연기만 자욱하고 수레 소리도 사라지고
소나무 우거진 궁궐에는 저녁 종소리만 들리네.
누각에 올라 시를 읊어도 누가 함께 즐길까.
달 밝고 바람 맑아 시름만 깊어지네.

　홍생은 시를 다 읊고 나서 손을 비비고 일어나 춤을
추었다. 홍생은 시 한 구절을 읊을 때마다 흐느꼈다. 같이 박자를 맞추고 퉁소를 불어 줄 사람은 없었지만 마음은 벅차올랐다. 얼마 동안을 이렇게 춤을 추며 노래하고 흐느끼다 돌아가려 할 때였다.

문득 가벼운 발소리가 들리더니 곱고 아름다운 여인이 나타났다. 여인의 좌우에는 시녀가 따르고 있었는데 한 시녀는 옥으로 만든 총채를, 다른 시녀는 비단 부채를 들고 있었다. 여인은 위엄이 있으면서 단정해 귀한 집안의 따님 같았다.

홍생은 얼른 뜰 아래로 내려가 몸을 숨기고 여인을 살펴보았다.

여인은 남쪽 난간에 기대 하얀 달을 바라보며 시를 읊었다. 시녀는 여인에게 비단 방석을 깔아 주었다.

여인이 낭랑한 목소리로 말했다.

"여기서 방금 누군가 시 읊는 소리가 났는데 어디에 계신가요? 이 아름다운 밤에 술 한 잔 마시고 시 한 수로 그윽한 정을 나누며 회포를 푸는 건 어떨까요?"

홍생이 이 말을 들으니 두렵기도 하고 한편으로 기쁘기도 해서 어떻게 할까 주저하다가 에헴 하고 기침 소

리를 냈다. 시녀가 기침 소리가 나는 곳을 찾아와 말을
전했다.

"저희 아가씨의 명을 받들어 모시고자 합니다."

홍생이 시녀를 따라가니 여인이 반갑게 맞이했다.

"좀 전에 읊은 시는 무슨 시입니까? 한번 읊어 주실
수 있나요?"

홍생이 한 줄 한 줄 읊어 가니 여인은 기뻐하며 시녀
를 시켜 술과 음식을 올렸다. 하지만 홍생은 술은 써서
마실 수 없었고 음식은 딱딱해서 먹을 수 없었다. 인간
세상의 것이 아닌 듯했다. 홍생이 당황하는 것을 보고
여인은 빙긋이 웃었다.

"인간 세상 선비가 어떻게 선인의 술과 용의 육포를
알까? 애야 서둘러 신호사에 가서 절밥을 얻어 가지고
오너라."

시녀는 여인의 명을 받자마자 눈 깜짝할 사이에 절밥
을 가지고 돌아왔다. 다시 여인의 명으로 주암에 가서
잉어구이도 가져왔다. 홍생이 음식을 먹는 사이에 여
인은 홍생의 시에 화답시를 써서 시녀를 시켜 홍생에게

주었다.

(…)

옛성에 올라보니
대동강이 어디인가.
푸른 물결 흰 모래밭
기러기 떼가 울려 가네.
기린이 끄는 수레는 오지 않고
용마도 가셨으니
봉피리 소리 끊어졌고
흙무덤만 남았네.

(…)

별들은 드문드문
하늘에 널렸네.
은하수가 희미하니
달빛 더욱 밝았구나.
저승 기약키 어려우니

이승에서 만나 보세.

술 한 잔 가득 부어

취한들 어떠리.

홍생은 시를 읽고 기뻐했다. 하지만 여인이 돌아갈까
봐 염려돼 물었다.

"성씨와 족보를 알려 주실 수 있습니까?"

"아, 저는 은나라 왕의 후손이에요. 기 씨의 딸이에
요. 우리 선조는 이곳으로 책봉돼 훌륭한 법을 세웠고
문물의 찬란한 빛이 천 년을 빛나게 됐지요. 하지만 하
루아침에 멸망해 재앙과 고난이 겹치고 아버지는 필부
의 손에 죽음을 당했어요. 위만이 그 틈을 타서 임금 자
리를 도둑질했고 저는 절개를 굳게 지키기로 마음먹었
는데 그때 한 선인이 나타나 나를 어루만지며 '나는 이
나라의 시조이고 부귀를 누린 뒤 섬에서 선인이 된 지
이미 수천 년이다. 너는 나를 따라 상계로 올라가 즐겁
게 지내는 게 어떻겠느냐?' 묻기에 저는 곧 응낙했고 그
분이 저를 데리고 자신이 살고 있는 곳에 별당을 지어

주고 불사약도 주었답니다. 이 약을 먹은 후 기운이 샘솟아 공중에 높이 떠서 천지 명승지를 유람하다가 달나라에 이르러 수정궁에서 항아(달 속에 있다는 전설 속의 선녀)를 만나 시녀가 돼 모시었어요. 그러다가 오늘 인간 세상을 내려다보니 고국 생각이 나서 내려와 조상의 무덤에 성묘하고 부벽정에 올라 시름을 달래다가 당신을 만나게 된 것입니다."

홍생은 두 번 절하고 머리를 조아려 인사한 다음 시 한 수를 청했다. 여인이 허락하고 붓을 들어 마치 구름과 한데 어울리는 듯 막힘없이 술술 써 내려갔다.

부벽정 달 밝은 밤에

먼 하늘에서

맑은 이슬이 내렸네

맑은 빛은 은하수에 빛나고

서늘한 기운은

오동잎에 서려 있네.

(…)

달님은 기울었다가 다시 차니

인생은 하루살이라.

궁궐은 절이 되고

옛 임금은 세상을 떠났네.

(…)

글 짓는 선비는 붓을 놓고

선녀도 공후(줄이 5개인 옛 현 악기)를 멈추었네.

노래가 끝나고

사람들은 흩어지니

고요한 바람에

노 젓는 소리만 들려오네.

여인은 시를 다 쓴 다음 붓을 던지고 공중에 높이 솟
아오르더니 사라졌다. 다만 그의 시녀를 시켜 말을 전
했다.

"옥황상제의 명령이 지엄하셔서 나는 노새를 타고 돌
아갑니다. 다만 그대와 함께 이야기를 더 나누지 못하
는 것이 한이 될 뿐이에요."

얼마 지나지 않아 갑자기 돌개바람이 일더니 홍생이 앉은 자리를 걷어치우고 시를 날려 버렸다. 이것은 하늘 세상이 인간 세계에 알려지기 싫어하기 때문에 일어난 일이다. 홍생이 넋이 나간 듯 우두커니 서서 가만히 생각해 보니 꿈도 생시도 아닌 이상한 일이었다.

홍생은 난간에 기대어 여인이 남기고 간 말을 더듬어 기억해 보았다. 그리고 기이한 인연이라 아니할 수 없으나 다하지 못한 회포를 시로 읊었다.

구름도 비도 아닌
하염없이 허망한 꿈
어느 해 어느 날에
가신 님을 다시 볼까
대동강 푸른 물결
무정하다고 말을 마라
임 여읜 곳으로만
슬퍼서 울며 가는구나

시를 읊고 나니 절에서 종이 울리고 마을에서 닭들이 울었다. 달은 서쪽 하늘로 기울고 샛별만 반짝거리는데 뜰아래 쥐 소리와 땅 밑의 벌레 소리가 들려왔다. 홍생은 급히 배를 타고 돌아왔다.

"어제저녁에는 어디서 자고 왔는가?"

같이 놀던 친구들이 궁금해서 물었다.

"어제는 낚시를 갔지. 그런데 물이 차가워서 물고기를 한 마리도 낚지 못했다네."

홍생은 친구들에게 어제의 이야기를 하지 않았다.

그 후 홍생은 여인을 그리워하다 그만 병에 걸리고 말았다. 그리고 병상에 누운 지가 오래되어도 조금도 차도가 없었다.

그러던 어느 날이었다. 꿈속에서 하얀 옷을 입은 시녀가 나타나 홍생을 보고 말했다.

"우리 아씨께서 옥황상제께 당신의 재주를 아뢰어 상제께서 부하로 거느리려 하시니 빨리 가시는 게 어떻겠습니까?"

홍생은 깜짝 놀라 잠에서 깨어나 일어나자마자 목욕

하고 향을 피우고 집 안을 깨끗이 정리한 다음 뜰에 자리를 깔고 잠깐 누웠다가 문득 세상을 떠났다. 이때가 구월 보름날이었다.

홍생은 죽은 지 며칠이 지났는데도 얼굴빛이 산 사람과 똑같았다. 그러자 사람들은 이렇게 말했다.

"홍생이 신선을 만나 몸은 남기고 그도 신선이 됐나 보다."

남염부주기
남쪽에서 염라대왕을 만나다

경주에 박생이라는 사람이 살고 있었다. 그는 유학자에 뜻을 두고 언제나 학문에 열심이었다. 어린 나이부터 태학관에서 공부했지만 한 번도 시험에 합격하지는 못해 늘 불만이 많았다. 박생은 고매한 품성으로 권력 앞에서 굽히지 않아 사람들은 그가 거만하다고 생각했지만 직접 만나 이야기할 때는 온순하고 겸손해서 마을 사람들 모두 박생을 칭찬했다.

박생은 일찍부터 불교, 무당, 귀신 등의 이야기를 의심했지만 어떤 판단을 내리지 못하고 있었다.

그는 성품이 순하고 온후해 스님과도 잘 사귀었는데,

아주 가까운 이들도 두세 사람 있었다.

어느 날 절의 스님에게 천당과 지옥에 대해 질문을 던지게 됐다.

"하늘과 땅에는 하나의 음양만 있을 텐데 어찌 하늘과 땅 밖에 천당과 지옥이라는 세계가 또 있겠습니까?"

그러자 스님이 이에 대해 자신 있게 말하지 못하고 이렇게 말했다.

"명확히 말하지는 못하겠지만 악한 사람의 악과 선한 사람의 선이 있으니 응보가 있지 않겠소."

박생은 이번에도 마음속으로는 스님의 말을 받아들이지 못했다.

박생은 이미 〈일리론〉, 즉 '세상의 이치는 하나'라는 글을 써서 스스로 신념으로 삼았는데 이단의 유혹에 빠지지 않으려는 목적이었다.

그 글의 내용은 대략 이랬다.

내가 일찍이 옛 성인의 말을 들어 보니 세상의 이치는 한 가지가 있다고 했다. 이 한 가지란 무엇인가? 이

것은 곧 천성을 말한다. 그러면 천성은 무엇인가? 천성은 하늘로부터 주어진 것이다.

하늘은 음양과 오행으로 만물을 만들었다. 이때 '기(氣)'로써 형체를 이루었고 '이(理)'도 또한 타고나게 됐다. '이치(理致)'는 일상과 사물 곳곳에 적용되고 있다. 이를테면 어버이와 자식 사이는 사랑을 다해야 하고 임금과 신하 사이에는 의리를 다해야 하고, 남편과 아내 또 어른과 아이 사이에는 당연히 지켜야 할 도리가 있다. 이것이 바로 '도(道)'다.

우리 마음속에 이 이치가 이미 갖추어져 있다. 이 이치를 거스르고 천성을 어기면 재앙이 닥친다.

이 이치를 연구하는 것이 '궁리진성(하늘의 이치를 깊이 연구하고 사람의 본성을 다하게 하다)'이고 이 이치를 연구하여 지혜를 얻는 것이 '격물치지(사물의 이치를 연구하고 지식을 완전하게 하다)'이다. 사람은 이치를 깨우칠 수 있는 마음을 갖고 태어났으며 천성을 갖추고 있다.

만물에도 이런 이치가 있다.

천성을 따라 이치를 연구하고 근원을 헤아리고 극치

에 이르면 천하의 이치가 분명해지고 이치의 지극함이 마음속에 자리 잡을 것이다.

그리하여 천하와 나라에서 일어나는 일들이 여기에 해당될 것이니 세상일에 참여해도 어긋나지 않고, 귀신에게 묻더라도 미혹되지 않고, 오랜 세월이 지나도 없어지지 않을 것이다.

유학자가 할 일은 오직 이뿐이다. 천하에 어찌 다른 이치가 있을까? 이단의 말을 나는 믿지 못하겠다.

어떤 날 박생은 책을 읽다가 잠깐 졸았다.

박생은 어느덧 한 나라에 와 있었는데 그곳은 먼 바다 가운데 있는 섬이었다. 이 섬은 온통 구리 아니면 쇠로 이루어져 있고 낮에는 불길이 하늘을 찌를 듯이 솟아올라 땅이 다 녹아 없어지는 듯했고 밤이면 몸서리칠 정도로 싸늘한 바람이 불어와 사람의 살과 뼈를 태우는 것만 같았다.

또한 쇠로 만든 벼랑이 성벽처럼 이어져 있고 거기에 철문이 하나 있었는데 큰 자물쇠가 채워져 있었다.

문을 지키는 수문장은 영악하기 짝이 없어 보였고 창과 철퇴로 외적을 막고 있었다. 성 안에 있는 백성은 쇠로 된 집에 살고 있었는데 낮에는 더워 죽을 지경이었고 밤이면 얼어 죽을 지경이었다. 하지만 백성들은 별로 고통을 느끼는 것 같지 않았다.

"그대는 누구시오?"

수문장이 창을 세우고 묻자, 박생은 떨면서 엎드려 절하며 말했다.

"아무 나라 아무 곳에 사는 아무개이고 세상 물정 모르는 선비입니다. 여기에 침범한 걸 부디 용서해 주십시오."

"선비는 원래 위엄 앞에서도 굴하지 않는 걸로 아는데 그대는 어찌 이같이 굽히는 거요? 우리 왕께서 선비를 만나 동방에 전하고 싶은 말이 있다고 하신다오. 잠깐 기다리시오."

수문장이 안을 들어갔다 나왔다. 그 뒤로 검은 옷과 흰옷을 입은 두 동자가 두 권의 책을 가지고 왔다. 한 책은 흰 종이에 푸른 글자를 쓴 것이고 한 책은 흰 종이에 붉은 글자를 쓴 것이었다. 동자가 책을 박생의 좌우에 펴 놓아서 보니 박생의 이름이 붉은 글자로 적혀 있었다.

"현재 아무 나라의 박 아무개는 전생에 죄가 없으니 이 나라의 백성이 되기는 마땅치 않다."

박생이 글을 읽고 동자에게 물었다.

"나에게 이 책을 보여주는 것은 어떤 이유인가요?"

"검은 책은 악인의 명부이고 흰 책은 선인의 명부입니다. 선인은 왕께서 예법으로 맞이하고 악질은 노예로 대우하지요."

박생은 왕을 뵈러 갔다. 왕은 박생의 소매를 잡아 대궐로 들어오게 하고 편전에 앉을 자리를 마련해 주었다. 옥으로 테두리가 둘러져 있고 금으로 만든 자리였다. 자리에 앉자, 왕이 시중꾼을 불러 차를 올리게 했는데 박생이 곁눈질해 보니 차는 구리를 녹인 물이었고 과일은 쇠로 만든 알맹이였다. 박생은 놀라고 두려웠지만 보고만 있었다. 시중꾼이 다과를 앞에 놓자 향기로운 차와 맛있는 과일의 향내가 온 궁궐에 퍼졌다.

왕이 박생에게 말했다.

"선비는 여기가 어딘지 모를 겁니다. 이곳은 속세에서 말하는 염부주입니다. 염부는 불꽃이 항상 공중에 떠 있다는 뜻이지요. 내 이름은 염마(염라대왕)입니다. 내가 이곳의 왕이 된 지 일만 년이나 됐고 오래 살다 보니 무슨 일이든 신통한 변신을 부릴 수 있게 됐다오. 창힐(새와 짐승의 발자국을 본떠 처음으로 글자를 만들었다고 전해진다)이 글자를 만드니 내 백성을 보내어 울게 했고 석가가 부처가 되니 내 부하를 보내 보호해 주었소. 삼황과 오제와 주공과 공자에 이르러서는 그들이 스스로 도를 지키니 내 어찌할 것이 없어 아무런 관계도 없었던 거요."

박생은 물었다.

"주공과 공자와 석가는 어떤 인물입니까?"

"주공과 공자는 문물이 발달한 중국에서 탄생한 성인이고 석가는 서역의 간사하고 흉악한 사람들 가운데 태어난 성인이오. 두 분 다 정도를 닦고 세운 사람이오."

박생은 또 물었다.

"귀신이란 어떤 것입니까?"

"귀는 음의 혼령이고 신은 양의 혼령이오. 음과 양
두 기운이 조화롭게 작용하는 것이지요. 살았을 때는
인물이라 하며 죽으면 귀신이라 하는데 그 이치는 다를
것이 없소."

박생이 계속 물었다.

"세상에서는 귀신에게 제사하는 예가 있는데 제사의 귀신과 조화의 귀신과는 어떻게 다른 것입니까?"

"다를 것이 없소. 사람들이 하늘과 땅에 제사를 지내는 것은 만물을 창조한 힘을 존경하는 것이며, 산천에 제사를 지내는 것은 음양의 기운이 오르내리는 것을 보답하는 것입니다. 조상께 제사를 지내는 것은 근본에 보답하려는 것이며 육신께 제사를 지내는 것은 재앙을 면하려는 것이오."

"제가 스님들에게 들으니 하늘 위에 천당이 있고 지하에는 지옥이 있다는데 사실입니까? 그리고 사람이 죽은 지 칠 일 뒤에 부처님께 공양드리고 재를 올리면 그 영혼을 위로 올려주고, 염라대왕께 정성스럽게 지전 (종이 돈)을 태우면 지은 죄가 없어진다고 합니다. 아무리 간사하고 포악한 사람도 왕께서는 용서하십니까?"

"그게 무슨 말이오? 나는 그런 말을 들은 적이 없소. 천지 밖에 어찌 다시 천지가 있겠소. 그리고 선비께서는 '하늘에는 두 해가 없고, 나라에는 두 임금이 없다'란 말을 들어보시지 않았소? 그러니 내가 모르는 일은 선비도 믿을 게 못 되오. 그러니 재를 올리고 지전을 태우는 까닭을 저는 알지 못하오. 선비께서 오히려 인간 세상의 일을 말해 주면 좋겠소."

박생은 옷자락을 가지런히 하며 말했다.

"인간 세상에서는 어버이가 돌아가시고 사십구 일이 지나면 모두 절로 몰려갑니다. 오로지 절에서 재를 올려야 영혼이 추천받는다고 생각합니다. 부자들은 자랑하듯이 돈을 쓰고, 빈자들도 논과 밭을 팔아 돈을 만들어 종이로 깃발을 만들고 비단으로 꽃을 만듭니다. 상주는 물론 아내와 자식 그리고 친구까지 불러들이므로 절은 시장바닥처럼 시끄럽고 지저분합니다. 왕께서는 이를 받아들여야 하겠습니까, 아니면 법도를 살펴 이들을 중하게 벌해야 하겠습니까? 저는 분통이 터졌지만 차마 말하지 못했습니다. 왕께서 저를 위해 말씀해 주십시오."

왕이 말했다.

"아, 그렇게까지 되었다니. 사람이 세상에 태어날 때

는 이미 어진 성품을 주셨으며, 땅에는 곡식이 자라나게 했소. 임금은 법으로 다스렸고, 스승은 도의를 가르쳤으며, 어버이는 은혜로 자식을 길렀소. 이를 잘 따르면 좋은 일이 생기고 어기면 재앙이 올 뿐이오. 모든 것은 사람에게 달렸소. 사람이 죽으면 정신과 기운이 흩어져 영혼은 올라가고 몸은 내려와 처음으로 돌아가는 것이오. 간혹 원한이 남아 목숨을 잃은 곳에서 처량하게 울기도 하나, 이 역시 결국에는 다 없어지고 마는 것이오. 본디 부처는 맑고 깨끗하고, 임금은 존엄한데 어찌 인간 세상의 공양을 받고, 뇌물을 받고, 인간 세상의 형벌을 용서하겠소. 이것은 이치를 연구하는 선비가 마땅히 알아야 할 일이오."

"그러면 윤회설에 대해서는 어떻게 보아야 할까요?"

"정신이 흩어지지 않았을 때 마치 윤회의 길이 있는 듯하지만 오래되면 소멸하지요."

"왕께서는 어떤 이유로 이런 세상에 살고 계시며 왕은 어떻게 되셨나요?"

"내가 세상에 있을 때 왕께 충성을 다하고 좋은 일을

했기 때문이라오. 여기 살면서 나를 우러러 좇는 자들은 다 전생에서 흉악한 짓을 한 자들이오. 그들은 내 훌륭한 본을 받게 된 거요. 그러니 정직하고 사심이 없는 자가 아니면 이곳에서 왕 노릇을 할 수가 없소. 그대는 정직하고 뜻이 굳어 지조를 굽히지 않는다고 들었소. 그런데 그 뜻을 세상을 펼쳐 보이지 못했으니 안타깝기 그지없소. 나는 이제 시운이 다하여 이 자리를 떠나야 한다오. 선비도 생명이 다한 것 같으니 이 나라의 백성을 맡아 주실 분이 선비가 아니면 누구겠소?"

대화가 끝난 후 염마는 왕의 도리에 대해 말했다.

"나라를 다스리는 이가 폭력으로 백성을 위협해서는 안 되오. 백성들이 겉보기에는 따르는 것 같지만 그것은 두려워하는 것일 뿐 속으로는 반역을 품고 있소. 하늘이 왕을 내리는 것이 아니라, 올바르게 일하는 모습을 보이면 백성에 의해 왕이 되는 것이오. 백성이 임금의 덕을 노래하는데도 홍수와 가뭄이 나는 것은 하늘이 임금에게 일을 삼가라고 경고하는 것이오. 반대로 백성이 임금을 원망하는데도 좋은 일이 일어나는 건 옆에

서 요괴가 임금에게 아첨해 더욱 교만하게 만드는 것이
오."

박생이 그말을 듣고 말했다.

"간신이 벌 떼처럼 일어나 큰 난리가 나는데도 임금
이 잘한 일이라고만 생각하면 어떻게 나라가 평안하겠
습니까?"

염마가 탄식하며 말했다.

"그대의 말씀이 옳소."

왕은 손수 왕위를 전하고자 선위문을 지어 내줬다.
선위문에는 이렇게 적혀 있었다.

동쪽에서 온 그대는 정직하고 사심이 없으며 강직하
고 과감하오. 다른 사람을 포용하고 어리석은 자를 깨우
쳐 주는 재주도 있소. 다만 인간 세상에서는 이를 이루지
못했지만, 죽은 뒤에는 바로 잡을 수 있을 것이오. 모든
백성이 믿고 의지할 자가 그대 아니고 누구란 말인가.

염마는 박생을 축하한 뒤에 고국으로 잠깐 돌려보내

면서 당부했다.

"선비는 멀지 않아 다시 이곳으로 돌아올 것이오. 부디 고국에 가서 나와 한 이야기를 인간 세상에 퍼뜨려서 황당한 일들이 일어나지 않게 하시오."

"감히 명령을 어길 수 있겠습니까? 그렇게 하겠습니다."

박생이 잠에서 깨니 지금까지 일들이 한낱 허무한 꿈이었다.

몇 달 뒤에 병에 걸린 박생은 의원과 무당을 물리치고 고요하게 죽음을 맞이했다.

그가 세상을 떠나던 날, 이웃 사람들 꿈에 신령이 나타나서 이렇게 말했다고 한다.

"네 이웃 박생은 장차 염라왕이 될 것이다."

용궁부연록

용궁 잔치를 즐기다

송도(개성)에 천마산이 있었는데 그 산이 하늘 높이
솟아올라 가파르고 아름다워서 '하늘이 깎아 놓은 산'
이라 하여 천마산이라 불리는 것이었다. 천마산 한가운
데 박연이라는 연못이 있는데 박연은 좁으면서도 깊어
서 아무도 그 깊이를 알 수 없었다. 연못에서 넘친 물이
폭포가 됐는데 그 높이가 백 길도 넘었다. 경치가 맑고
아름다워 송도에 온 스님이나 나그네들은 이곳을 꼭 구
경했다. 옛날부터 이곳에 용신이 살고 있다는 이야기가
전해 내려와 나라에서는 명절이 되면 커다란 소를 잡아
이곳에서 제사를 지냈다.

옛날 한생이라는 시를 잘 짓는 선비가 있었다. 하루는 한생이 거처에서 해가 질 무렵 편안히 앉아 있었는데 갑자기 푸른 옷을 입고 두건을 쓴 관원 두 사람이 하늘에서 내려와 엎드리면서 말했다.

"박연에 계신 용왕님의 분부로 당신을 모시러 왔습니다."

한생은 깜짝 놀라 말했다.

"신과 인간 사이에는 길이 막혀 있는데, 어떻게 갈 수가 있소?"

그러자 관원들이 대답했다.

"준마를 대기해 놨으니 사양하지 마시기 바랍니다."

한생은 그들이 준비해 놓은 푸른 갈기의 말을 타고 용궁에 다다랐다. 용왕이 뜰아래에 내려와 한생을 맞이했다.

한생은 엎드려 사양하며 말했다.

"이렇게 하찮은 백성을 외람되게 융숭하게 대접하십니까?"

그러자 용왕이 말했다.

"오랫동안 선생의 명성을 들어왔소. 이제야 뵙게 되었으니 삼가지 마시기 바랍니다."

한생이 용왕의 안내로 대궐 위에 앉자 문지기가 큰 소리로 외쳤다.

"손님이 또 오십니다!"

용왕이 나와 손님을 맞았다. 손님은 신들이었다.

세 신과 한생이 자리에 앉아 차를 마시고 나자 용왕이 말했다.

"나의 무남독녀가 결혼을 하려 하는데 마땅히 화촉을 밝힐 방이 없어 별당 한 채를 지을까 합니다. 건축 재료는 다 갖추었는데 딱 하나 상량문(건축을 마무리하며 마룻대를 올리는데 이를 축복하는 글)이 모자랍니다. 소문에 의하면 선생은 시 짓는 재주가 누구보다도 뛰어나다고 하더군요. 특별히 멀리서 초대했으니 나를 위해 상량문을 지어 주시면 감사하겠습니다."

용왕이 말을 끝마치기도 전에 벼루와 붓 그리고 비단한 필이 준비됐다. 한생이 곧바로 일어나 붓에 먹을 찍어 글을 줄줄 써 내려가니 마치 구름과 강이 서로 얽힌

듯했다.

(…)
바라건대 이 집을 지은 후에
화촉의 밤을 맞이해
만복이 함께 이르고
온갖 복되고 길한 조짐이 보이니
아름다운 궁궐과 옥으로 된 궁전에는
복되고 길한 구름이 찬란하고
봉황 베개와 원앙 이불에
즐거운 소리가 나니
그 덕이 나타나고
신령이 빛나게 될 것이니.

한생이 글을 용왕께 바치자 크게 기뻐하며 그것을 세
신에게 보여 주니 모두 감탄했다.
용왕은 세 신을 한생에게 소개했다.
"한 분은 조강신(한강과 임진강이 만나는 조강을 지키는 신)이고, 한 분은 낙하신(임진강을 지키는 신)이고, 또 한 분은 벽란신(벽란도를 지키는 신)이오."

소개가 끝나자 술과 음식이 차려졌고 아름다운 여인 십여 명이 들어오며 풍악이 울려 퍼졌다. 여인들은 춤을 추면서 깊고 푸른 웅덩이를 칭송하는 노래를 불렀다.

춤이 끝나자, 다시 총각 열댓 명이 왼손에 피리를 잡고 오른손에 깃털을 들고 서로 돌아보면서 꽃을 피우는 회오리바람을 칭송하는 노래를 불렀다.

노래가 끝나자 용왕은 기뻐하며 술잔을 씻고 술을 부어 한생에게 권했다. 그리고 스스로 피리를 불며 물의 용이 노래한다는 내용의 노래도 불렀고 잔치도 흥겹게 무르익어 갔다.

노래를 마친 용왕은 주위를 둘러보며 말했다.

"우리 용궁의 놀이는 인간 세상과 다르니 그대들은 귀한 손님을 위해 솜씨를 보여 드려라."

그러자 한 사람이 자신을 곽개사(게를 말한다)라고 소개하며 앞으로 나섰다.

"저는 바위 틈에 숨어 사는 은자요, 모래 구멍에 사

는 한가한 사람입니다. 속은 누렇고 겉은 둥글며 단단한 갑옷을 입고 날카로운 창을 가졌습니다. 오늘 한공이 오셨으니 한번 놀아보겠습니다."

곽개사는 갑옷을 입고 창을 쥐더니 침을 흘리고 눈을 부릅떴다. 그리고 눈동자를 굴리며 팔다리를 흔들면서 앞으로 나아갔다 뒤로 물러서며 춤과 함께 노래를 불렀다.

곽개사의 춤이 끝나자 자칭 현선생(거북을 말한다)이 앞으로 나섰다.

"저는 물풀이 무성한 곳에서 숨어 지내고, 연잎에서 논답니다. 등에는 글씨를 새겼고, 비록 배를 갈라서 사람을 이롭게 해주기는 하지만 껍질을 벗기는 매우 힘듭니다. 돌 같은 내장에 검은 갑옷까지 입었으니 가슴에서는 장사의 기운이 쏟아져 나옵니다."

현선생이 나와 숨을 길게 내뱉었다가 다시 들이마시더니 목을 움츠려 집어넣었다가 목을 길게 빼며 머리를 흔들었다. 그리고 노래를 흥얼거렸다. 노래가 끝나도 현선생은 흥이 나서 발을 올렸다 내렸다 하며 춤을 추었고 자리에 가득한 사람들이 웃음을 참지 못했다.

현선생의 놀이가 끝나자 숲속의 도깨비와 산속의 괴물들이 일어나 저마다 장기 자랑을 했다. 이어서 조강신, 낙하신, 벽란신은 각각 시를 지어 바쳤다. 용왕은 웃으면서 시를 읽어 본 뒤에 한생에게 주었다. 한생은 이 시들을 받고 꿇어앉아 세 번을 읽었다. 그리고 그 자리에서 시를 지어 읊었다. 한생의 시는 이랬다.

천마산이 높이 솟아
폭포는 허공을 날아가네.
곧바로 떨어져 숲을 뚫고
급히 흘러 큰 시내가 되네.
물 가운데 달이 잠기고
못 밑바닥 용궁이 있어,
신기한 변화로 자취를 남기시니
하늘에 올라 공을 세우시리.
가는 안개가 피어나고
상서로운 바람이 부네.

하늘에서 내린 명령이 중하고

푸른 언덕 높은 지위를 받으시니

구름 타고 옥황상제 찾아뵙고

푸른 말을 타고 비를 내리네.

황금 대궐에서 잔치를 열고

옥 뜨락에서 풍류를 울리네.

찻잔에는 노을이 지고

연잎에는 이슬이 붉게 적시네.

위엄 있는 태도는 엄숙하고

예의범절은 더욱 높아서

의관은 찬란하고 노리개 소리는 영롱하네.
물고기와 자라도 축하드리고
물신령들도 모였으니
조화가 어찌 그리 황홀할까.
숨은 덕이 깊으시네.
북을 치니 꽃이 피고
술잔 속에 무지개가 있네.
선녀는 옥피리를 불고
여신은 거문고를 퉁기네.
백 번 절하고 술잔을 올리며
만수무강을 세 번 외치네.
얼음 같은 과일에 수정 같은 채소에
온갖 진미에 배부르고
깊은 은혜는 뼈에 스미네.
신선의 이슬을 마신 듯, 봉래산에 구경 온 듯
즐거움이 다해 헤어지려니
풍류마저 한바탕 꿈과 같아라.

한생이 시를 바치자 자리에 있던 모든 사람들이 감탄하고 칭찬했다.

"이 시를 금석에 새겨 용궁의 보물로 삼겠소."

용왕이 말했다.

잔치가 끝날 무렵 한생은 용왕에게 허락을 받아 용궁을 두루 구경했다. 그러고 난 뒤 한생은 용왕에게 인사했다.

"이제 가 보겠습니다."

한생이 두 번 절했다. 이에 용왕이 산호 쟁반 위에 깨끗한 구슬 두 개와 비단 두 필을 담아 와 선물했다. 용왕은 세 신과 함께 한생을 배웅했다.

이때 두 사람의 신하가 용왕의 명령으로 한생을 옹위하는데 그중 한 사람이 말했다.

"제 등에 타십시오. 그리고 눈을 감고 잠깐만 계십시오."

한생이 그 말대로 했더니 한 사람이 손에 뿔을 들고 인도하는데 마치 허공 위를 나는 듯했다. 이때에는 오직 바람과 물소리만 들렸다.

잠시 후 소리가 멈췄고 한생이 눈을 떠 보니 자기 방에 누워 있었다.

한생은 퍼뜩 자기 옷 속을 뒤져 보았다. 그곳에서 구슬과 비단이 나왔다. 한생은 구슬과 비단을 남에게 보여주지 않고 고이 간직했다.

그 후 한생은 이 세상의 명리 같은 것은 꿈에도 생각하지 않고 산에 들어갔다. 사람들은 한생이 언제 어떻게 죽었는지 알지 못했다.